Karl Heinrich Waggerl · Und es begab sich . . .

KARL HEINRICH WAGGERL

Und es begab sich ...

Inwendige Geschichten
um das Kind von Bethlehem

—

Mit 11 farbigen Holzstichen
von
Ernst v. Dombrowski

OTTO MÜLLER VERLAG SALZBURG

© COPYRIGHT 1953 BY
OTTO MÜLLER VERLAG SALZBURG

Alle Rechte vorbehalten. Printed in Austria

49. Auflage

ISBN 3-7013-0135-2
Schutzumschlag und Einband von
Prof. Ernst v. Dombrovski
Gesamtherstellung: Wiener Verlag, Himberg bei Wien

Inhalt

Worüber das Christkind lächeln mußte S. 9

Wozu die Liebe den Hirtenknaben veranlaßte S. 17

Wie der kranke Vogel geheilt wurde S. 21

Warum der schwarze König Melchior so froh wurde S. 27

Der störrische Esel und die süße Distel S. 37

Der Tanz des Räubers Horrificus S. 49

Worüber das Christkind lächeln mußte

Als Josef mit Maria von Nazareth her unterwegs war, um in Bethlehem anzugeben, daß er von David abstamme, was die Obrigkeit so gut wie unsereins hätte wissen können, weil es ja längst geschrieben stand, — um jene Zeit also kam der Engel Gabriel heimlich noch einmal vom Himmel herab, um im Stalle nach dem Rechten zu sehen. Es war ja sogar für einen Erzengel in seiner Erleuchtung schwer zu begreifen, warum es nun der allererbärmlichste Stall sein mußte, in dem der Herr zur Welt kommen sollte, und seine Wiege nichts weiter als eine Futterkrippe. Aber Gabriel wollte wenigstens noch den Winden gebieten, daß sie nicht gar zu grob durch die Ritzen pfiffen, und die Wolken am Himmel sollten nicht gleich wieder in Rührung zerfließen und das Kind mit ihren Tränen überschütten, und was das Licht in der Laterne betraf, so mußte man ihm noch einmal einschärfen, nur bescheiden zu leuchten und nicht etwa zu blenden und zu glänzen wie der Weihnachtsstern.

Der Erzengel stöberte auch alles kleine Getier aus dem Stall, die Ameisen und Spinnen und die Mäuse, es war nicht auszudenken, was geschehen konnte, wenn sich die Mutter Maria vielleicht vorzeitig über eine Maus entsetzte! Nur Esel und Ochs durften bleiben, der Esel, weil man ihn später ohnehin für die Flucht nach Ägypten zur Hand haben mußte, und der Ochs, weil er so riesengroß und so faul war, daß ihn alle Heerscharen des Himmels nicht hätten von der Stelle bringen können.

Zuletzt verteilte Gabriel noch eine Schar Engelchen im Stall herum auf den Dachsparren, es waren solche von der kleinen Art, die fast nur aus Kopf und Flügeln bestehen. Sie sollten ja auch bloß still sitzen und achthaben und sogleich Bescheid geben, wenn dem Kinde in seiner nackten Armut etwas Böses drohte. Noch ein Blick in die Runde, dann hob der Mächtige seine Schwingen und rauschte davon.

Da zog auch Joseph hinauf nach Bethlehem sich auf=
schreiben zu lassen mit Maria, seiner Verlobten . . .
Lukas 2, 4

Gut so. Aber nicht ganz gut, denn es saß noch ein Floh auf dem Boden der Krippe in der Streu und schlief. Dieses winzige Scheusal war dem Engel Gabriel entgangen, versteht sich, wann hatte auch ein Erzengel je mit Flöhen zu tun!

Als nun das Wunder geschehen war, und das Kind lag leibhaftig auf dem Stroh, so voller Liebreiz und so rührend arm, da hielten es die Engel unterm Dach nicht mehr aus vor Entzücken, sie umschwirrten die Krippe wie ein Flug Tauben. Etliche fächelten dem Knaben balsamische Düfte zu und die anderen zupften und zogen das Stroh zurecht, damit ihn ja kein Hälmchen drücken oder zwicken möchte.

Bei diesem GerascheI erwachte aber der Floh in der Streu. Es wurde ihm gleich himmelangst, weil er dachte, es sei jemand hinter ihm her, wie gewöhnlich. Er fuhr in der Krippe herum und versuchte alle seine Künste und schließlich, in der äußersten Not, schlüpfte er dem göttlichen Kinde ins Ohr.

„Vergib mir!" flüsterte der atemlose Floh, „aber ich kann nicht anders, sie bringen mich um, wenn sie mich erwischen. Ich verschwinde gleich wieder, göttliche Gnaden, laß mich nur sehen, wie!"

Er äugte also umher und hatte auch gleich seinen Plan. „Höre zu", sagte er, „wenn ich alle Kraft zusammennehme, und wenn du still hältst, dann könnte ich vielleicht die Glatze des Heiligen Josef erreichen, und von dort weg kriege ich das Fensterkreuz und die Tür . . ."

„Spring nur!" sagte das Jesuskind unhörbar, „ich halte stille!"

Und da sprang der Floh. Aber es ließ sich nicht vermeiden, daß er das Kind ein wenig kitzelte, als er sich zurechtrückte und die Beine unter den Bauch zog.

In diesem Augenblick rüttelte die Mutter Gottes ihren Gemahl aus dem Schlaf.

„Ach, sieh doch!" sagte Maria selig, „es lächelt schon!"

. . denn es war für sie kein Platz in der Herberge.
Lukas 2, 7

Wozu die Liebe den Hirtenknaben
veranlaßte

In jener Nacht, als den Hirten der schöne Stern am Himmel erschienen war und sie machten sich alle auf den Weg, den ihnen der Engel gewiesen hatte, da gab es auch einen Buben darunter, der noch so klein und dabei so arm war, daß ihn die anderen gar nicht mitnehmen wollten, weil er ja ohnehin nichts besaß, was er dem Gotteskind hätte schenken können.

Das wollte nun der Knirps nicht gelten lassen. Er wagte sich heimlich ganz allein auf den weiten Weg und kam auch richtig in Bethlehem an. Aber da waren die anderen schon wieder heimgegangen und alles schlief im Stall. Der Hl. Josef schlief, die Mutter Maria, und die Engel unter dem Dach schliefen auch, und der Ochs und der Esel, und nur das Jesuskind schlief nicht. Es lag ganz still auf seiner Strohschütte, ein bißchen traurig vielleicht in seiner Verlassenheit, aber ohne Geschrei und Gezappel, denn es war ja ein besonders braves Kind, wie sich denken läßt.

Und nun schaute das Kind den Buben an, wie er da vor der Krippe stand und nichts in Händen hatte, kein Stückchen Käse und kein Flöckchen Wolle, rein gar nichts. Und der Knirps schaute wiederum das Christkind an, wie es da liegen mußte und nichts gegen die Langeweile hatte, keine Schelle und keinen Garnknäuel, rein gar nichts.

Da tat dem Hirtenbuben das Himmelskind in der Seele leid. Er nahm das winzig kleine Fäustchen in seine Hand und bog ihm den Daumen heraus und steckte ihn dem Christkind in den Mund.

Und von nun an brauchte das Jesuskind nie mehr traurig zu sein, denn der arme, kleine Knirps hatte ihm das Köstlichste geschenkt, was einem Wickelkind beschert werden kann: den eigenen Daumen.

... Und sie gebar ihren Sohn, den Erstgeborenen, und wickelte ihn in Windeln ...
Lukas 2, 7

Wie der kranke Vogel geheilt wurde

Anfangs kam nur geringes Volk aus der Stadt heraus zum Stall, sogar etliches Gesindel darunter, wie es sich immer einfindet, wenn viele Menschen zusammenlaufen, aber vor allem auch Arme und Kranke, die Blinden und die Aussätzigen. Sie knieten vor dem Knaben und verneigten sich und baten inbrünstig, daß er sie heilen möchte. Vielen wurde auch wirklich geholfen, nicht durch Wundermacht, wie sie in ihrer Einfalt meinten, sondern durch die Kraft ihres Glaubens.

Lange Zeit stand auch ein kleines Mädchen unter dem Leutehaufen vor der Tür und konnte sich nicht durchzwängen. Die Mutter Maria rief es endlich an. „Komm herein!" sagte sie. „Was hast du da in deiner Schürze?"

Das Mädchen nahm die Zipfel auseinander und da hockte nun ein Vogel in dem Tuch, verschreckt und zerzaust, ein ganz kleiner Vogel.

„Schau ihn an", sagte das Mädchen zum Christkind, „ich habe ihn den Buben weggenommen und dann wollte ihn auch noch die Katze fressen. Kannst du ihn nicht wieder gesund machen? Wenn ich dir meine Puppe dafür gebe?"

Ach, die Puppe! Es war ja trotzdem eine arg schwierige Sache. Auch der Heilige Josef kratzte sich den kahlen Schädel, sonst ein umsichtiger Mann, und die Bresthaften in ihrem Elend standen rund herum und alle starrten auf den halbtoten Vogel in der Schürze. Hatte etwa auch er eine gläubige Seele?

Das wohl kaum. Aber seht, das Himmelskind wußte selber noch nicht so genau Bescheid und deshalb blickte es einmal schnell nach oben, wo die kleinen Engel im Gebälk saßen. Die flogen auch gleich herab, um zu helfen, Vögel waren ja ihre liebsten Gefährten unter dem Himmel. Nun glätteten sie dem Kranken das Gefieder und säuberten ihn, sie renkten den einen Flügel sorgsam ein und stellten ihm auch den Schwanz wieder

Und Hirten waren in derselben Gegend auf freiem Feld und hielten Nachtwache bei ihrer Herde. Lukas 2, 8

auf, denn was ist ein Vogel ohne Schwanz, ein jämmerliches Ding!

Von all dem merkten die Leute natürlich nichts, sie sahen nur, wie sich die Federn des Vogels allmählich legten, wie er den Schnabel aufriß und ein bißchen zu zwitschern versuchte. Und plötzlich hob er auch schon die Flügel, mit einem seligen Schrei schwang er sich über die Köpfe weg ins Blaue.

Da staunte die Menge und lobte Gott um dieses Wunders willen. Nur das kleine Mädchen stand noch immer da und hielt die Zipfel seiner Schürze offen. Es war aber nichts mehr darin außer einem golden glänzenden Federchen. Und das mußte nicht eine Vogelfeder sein, das konnte auch einer von den Engeln im Eifer verloren haben.

Warum der schwarze König Melchior so froh wurde

Allmählich verbreitete sich das Gerücht von dem wunderbaren Kinde mit dem Schein ums Haupt und drang bis in die fernsten Länder. Dort lebten drei Könige als Nachbarn, die seltsamerweise Kaspar, Melchior und Balthasar hießen, wie heutzutage ein Roßknecht oder ein Hausierer. Sie waren aber trotzdem echte Könige und was noch merkwürdiger ist, auch weise Männer. Nach dem Zeugnis der Schrift verstanden sie den Gang der Gestirne vom Himmel abzulesen, und das ist eine schwierige Kunst, wie jeder weiß, der einmal versucht hat, hinter einem Stern herzulaufen.

Diese Drei also taten sich zusammen, sie rüsteten ein prächtiges Gefolge aus und dann reisten sie eilig mit Kamelen und Elefanten gegen Abend. Tagsüber ruhten Menschen und Tiere unter den Felsen in der steinigen Wüste, und auch der Stern, dem sie folgten, der Komet, wartete geduldig am Himmel und schwitzte nicht wenig in der Sonnenglut, bis es endlich wieder dunkel wurde. Dann wandelte er von neuem vor dem Zuge her und leuchtete feierlich und zeigte den Weg.

Auf diese Art ging die Reise gut voran, aber als der Stern über Jerusalem hinaus gegen Bethlehem zog, da wollten ihm die Könige nicht mehr folgen. Sie dachten, wenn da ein Fürstenkind zu besuchen sei, dann müsse es doch wohl in einer Burg liegen und nicht in einem armseligen Dorf. Der Stern geriet sozusagen in Weißglut vor Verzweiflung, er sprang hin und her und wedelte und winkte mit dem Schweif, aber das half nichts. Die drei Weisen waren von einer solchen Gelehrtheit, daß sie längst nicht mehr verstehen konnten, was jedem Hausverstand einging.

Indessen kam auch der Morgen herauf und der Stern verblich. Er setzte sich traurig in die Krone eines Baumes neben dem Stall und jedermann, der vorüberging, hielt ihn für nichts weiter

Und siehe, ein Engel des Herrn stand über ihnen und der Glanz des Herrn umleuchtete sie. Lukas 2, 9

als eine vergessene Zitrone im Geäst. Erst in der Nacht kletterte er heraus und schwang sich über das Dach.

Die Könige sahen ihn beglückt, Hals über Kopf kamen sie herbeigeritten. Den ganzen Tag hatten sie nach dem verheißenen Kinde gesucht und nichts gefunden, denn in der Burg zu Jerusalem saß nur ein widerwärtig fetter Bursche namens Herodes.

Nun war aber der eine von den Dreien, der Melchior hieß, ein Mohr, baumlang und so tintenschwarz, daß selbst im hellen Schein des Sternes nichts von ihm zu sehen war als ein Paar Augäpfel und ein fürchterliches Gebiß. Daheim hatte man ihn zum König erhoben, weil er noch ein wenig schwärzer war als die anderen Schwarzen, aber nun merkte er zu seinem Kummer, daß man ihn hierzulande ansah, als ob er in der Haut des Teufels steckte. Schon unterwegs waren alle Kinder kreischend in den Schoß der Mütter geflüchtet, sooft er sich von sei-

nem Kamel herabbeugte, um ihnen Fuß=
zeug zu schenken, und die Weiber
würden sich bekreuzigt haben, wenn sie
damals schon hätten wissen können, wie
sich ein Christenmensch gegen Anfech=
tungen schützt. Als letzter in der Reihe
trat Melchior zaghaft vor das Kind
und warf sich zur Erde. Ach, hätte er
jetzt nur ein kleines weißes Fleckchen zu
zeigen gehabt oder wenigstens sein In=
nerstes nach außen kehren können! Er
schlug die Hände vors Gesicht, voll
Bangen, ob sich auch das Gotteskind
vor ihm entsetzen würde.

Weil er aber weiter kein Geschrei
vernahm, wagte er ein wenig durch die
Finger zu schielen, und wahrhaftig, er
sah den holden Knaben lächeln und die
Hände nach seinem Kraushaar aus=
strecken.

Über die Maßen glücklich war der
schwarze König! Nie zuvor hatte er so
großartig die Augen gerollt und die
Zähne gebleckt von einem Ohr zum
andern. Melchior konnte nicht anders,

Der Ochs kennt seinen Herrn und der Esel die Krippe seines
Meisters ...   Isaias 1, 3

er mußte die Füße des Kindes umfassen und alle seine Zehen küssen, wie es im Mohrenlande Brauch war.

Als er aber die Hände wieder löste, sah er das Wunder: — sie waren innen weiß geworden!

Und seither haben alle Mohren helle Handflächen, geht nur hin und seht es und grüßt sie brüderlich.

Der störrische Esel und die süße Distel

Als der Heilige Josef im Traum erfuhr, daß er mit seiner Familie vor der Bosheit des Herodes fliehen müsse, in dieser bösen Stunde weckte der Engel auch den Esel im Stall.

„Steh auf!" sagte er von oben herab, „du darfst die Jungfrau Maria mit dem Herrn nach Ägypten tragen."

Dem Esel gefiel das gar nicht. Er war kein sehr frommer Esel, sondern eher ein wenig störrisch im Gemüt. „Kannst du das nicht selber besorgen?" fragte er verdrossen. „Du hast doch Flügel, und ich muß alles auf dem Buckel schleppen! Warum denn gleich nach Ägypten, so himmelweit!"

„Sicher ist sicher!" sagte der Engel, und das war einer von den Sprüchen, die selbst einem Esel einleuchten müssen.

Als er nun aus dem Stall trottete und zu sehen bekam, welch eine Fracht der Hl. Josef für ihn zusammengetragen hatte, das Bettzeug für die Wöchnerin und einen Pack Windeln für das Kind, das Kistchen mit dem Gold der Könige und zwei Säcke mit Weihrauch und Myrrhe, einen Laib Käse und eine Stange Rauchfleisch von den Hirten, den Wasserschlauch, und schließlich Maria selbst mit dem Knaben, auch beide wohlgenährt, da fing er gleich wieder an, vor sich hinzumaulen. Es verstand ihn ja niemand außer dem Jesuskind.

„Immer dasselbe", sagte er, „bei solchen Bettelleuten! Mit nichts sind sie hergekommen, und schon haben sie eine Fuhre für zwei Paar Ochsen beisammen. Ich bin doch kein Heuwagen", sagte der Esel, und so sah er auch wirklich aus, als ihn Josef am Halfter nahm, es waren kaum noch die Hufe zu sehen.

Der Esel wölbte den Rücken, um die Last zurechtzuschieben, und dann wagte er einen Schritt, vorsichtig, weil er dachte, daß der Turm über ihm zusammenbrechen müsse, sobald er einen Fuß voransetze. Aber seltsam, plötzlich fühlte er sich wunderbar leicht auf den Beinen, als

Als dies hörte der König Herodes, erschrak er und ganz
Jerusalem mit ihm. Matthäus 2,3

ob er selber getragen würde, er tänzelte geradezu über Stock und Stein in der Finsternis.

Nicht lange, und es ärgerte ihn auch das wieder. „Will man mir einen Spott antun?" brummte er. „Bin ich etwa nicht der einzige Esel in Bethlehem, der vier Gerstensäcke auf einmal tragen kann?"

In seinem Zorn stemmte er plötzlich die Beine in den Sand und ging keinen Schritt mehr von der Stelle.

„Wenn er mich jetzt auch noch schlägt" dachte der Esel erbittert, „dann hat er seinen ganzen Kram im Graben liegen!"

Allein, Josef schlug ihn nicht. Er griff unter das Bettzeug und suchte nach den Ohren des Esels, um ihn dazwischen zu krauen. „Lauf noch ein wenig", sagte der Heilige Josef sanft, „wir rasten bald!"

Daraufhin seufzte der Esel und setzte sich wieder in Trab. „So einer ist nun ein großer Heiliger" dachte er, „und weiß nicht einmal, wie man einen Esel antreibt!"

Mittlerweile war es Tag geworden und die Sonne brannte heiß. Josef fand ein Gesträuch, das dürr und dornig in der Wüste stand, in seinem dürftigen Schatten wollte er Maria ruhen lassen. Er lud ab und schlug Feuer, um eine Suppe zu kochen, der Esel sah es voll Mißtrauen. Er wartete auf sein eigenes Futter, aber nur, damit er es verschmähen konnte. „Eher fresse ich meinen Schwanz", murmelte er, „als euer staubiges Heu!"

Es gab jedoch gar kein Heu, nicht einmal ein Maul voll Stroh, der Heilige Josef in seiner Sorge um Weib und Kind hatte es rein vergessen. Sofort fiel den Esel ein unbändiger Hunger an. Er ließ seine Eingeweide so laut knurren, daß Josef entsetzt um sich blickte, weil er meinte, ein Löwe säße im Busch.

Inzwischen war auch die Suppe gar geworden und alle aßen davon, Maria aß und Josef löffelte den Rest hinterher und auch das Kind trank an der Brust seiner Mutter, und nur der Esel stand da und hatte kein einziges Hälmchen zu

. . Und sie sahen das Kind mit Maria, seiner Mutter, und fielen nieder und beteten es an. Matthäus 2, 11

kauen. Es wuchs da überhaupt nichts, nur etliche Disteln im Geröll.

„Gnädiger Herr!" sagte der Esel erbost und richtete eine lange Rede an das Jesuskind, eine Eselsrede zwar, aber ausgekocht scharfsinnig und ungemein deutlich in allem, worüber die leidende Kreatur vor Gott zu klagen hat. „J=A!" schrie er am Schluß, das heißt: „so wahr ich ein Esel bin!"

Das Kind hörte alles aufmerksam an. Als der Esel fertig war, beugte es sich herab und brach einen Distelstengel, den bot es ihm an.

„Gut!" sagte er, bis ins Innerste beleidigt. „So fresse ich eben eine Distel! Aber in deiner Weisheit wirst du vorausfehen, was dann geschieht. Die Stacheln werden mir den Bauch zerstechen, sodaß ich sterben muß, und dann seht zu, wie ihr nach Ägypten kommt!"

Wütend biß er in das harte Kraut, und sogleich blieb ihm das Maul offen stehen. Denn die Distel schmeckte durchaus nicht, wie er es erwartet hatte, sondern nach süßestem Honigklee, nach würzigstem Gemüse. Niemand kann sich etwas derart Köstliches vorstellen, er wäre denn ein Esel.

Für diesmal vergaß der Graue seinen ganzen Groll. Er legte seine langen Ohren andächtig über sich zusammen, was bei einem Esel so viel bedeutet, wie wenn unsereins die Hände faltet.

Und er stand auf, nahm das Kind und deffen Mutter in der Nacht und floh nach Ägypten. Matthäus 2, 14

Der Tanz des Räubers Horrificus

Gegen Abend nach der ersten Rast wollte Josef mit den Seinen wieder weiterziehen. Er nahm aber den Esel und ritt voraus hinter einen Hügel, um den Weg zu erkunden. "Es kann doch nicht mehr weit sein bis Ägypten", dachte er.

Indessen blieb die Muttergottes mit dem Kinde auf dem Schoß allein unter der Staude sitzen, und da geschah es, daß ein gewisser Horrificus des Weges kam, weithin bekannt als der furchtbarste Räuber in der ganzen Wüste. Das Gras legte sich flach vor ihm auf den Boden, die Palmen zitterten und warfen ihm gleich ihre Datteln in den Hut und noch der stärkste Löwe zog den Schweif ein, wenn er die roten Hosen des Räubers von weitem sah. Sieben Dolche steckten in seinem Gürtel, jeder so scharf, daß er den Wind damit zerschneiden konnte, an seiner Linken baumelte ein Säbel, genannt der krumme

Tod, und auf der Schulter trug er eine Keule, die war mit Skorpionsschwänzen gespickt.

„Ha!" schrie der Räuber und riß das Schwert aus der Scheide.

„Guten Abend", sagte die Mutter Maria. „Sei nicht so laut, er schläft!"

Dem Fürchterlichen verschlug es den Atem bei dieser Anrede, er holte aus und köpfte eine Distel mit dem krummen Tod.

„Ich bin der Räuber Horrificus", lispelte er, „ich habe tausend Menschen umgebracht ..."

„Gott verzeihe dir!" sagte Maria.

„Laß mich ausreden", flüsterte der Räuber, — „und kleine Kinder wie deines brate ich am Spieß!"

„Schlimm", sagte Maria. „Aber noch schlimmer, daß du lügst!"

Hiebei kicherte etwas im Gebüsch und der Räuber sprang in die Luft vor Entsetzen, noch nie hatte jemand in seiner Nähe zu lachen gewagt. Es kicherten aber nur die kleinen Engel,

Damit erfüllt würde, was gesagt ist ... „Aus Ägypten hab'
ich meinen Sohn gerufen".
Matthäus 2, 15

im erſten Schreck waren ſie alle davon=
geſtoben und nun ſaßen ſie wieder in
den Zweigen.

„Fürchtet ihr mich etwa nicht?" fragte
der Räuber kleinlaut.

„Ach, Bruder Horrificus", ſagte
Maria, „was biſt du für ein luſtiger
Mann!"

Das drang dem Räuber lind ins
Herz, denn, die Wahrheit zu ſagen,
dieſes Herz war weich wie Wachs. Als
er noch in den Windeln lag, kamen
ſchon die Leute gelaufen und entſetzten
ſich, „wehe uns", ſagten ſie, „ſieht er
nicht wie ein Räuber aus?" Später
kam niemand mehr, ſondern jedermann
lief davon und warf alles hinter ſich,
und Horrificus lebte gar nicht ſchlecht
dabei, obwohl er kein Blut ſehen und
kaum ein Huhn am Spieß braten
konnte.

Darum tat es nun dem Fürchter=
lichen in der Seele wohl, daß er endlich
jemand gefunden hatte, der ihn nicht
fürchtete.

„Ich möchte deinem Knaben etwas schenken", sagte der Räuber, „nur habe ich leider nichts als lauter gestohlenes Zeug in der Tasche. Aber wenn es dir gefällt, dann will ich vor ihm tanzen!"

Und es tanzte der Räuber Horrificus vor dem Kinde und kein lebendes Wesen hatte je dergleichen gesehen. Den krummen Tod hob er über sich gleich der silbernen Sichel des Mondes, die Beine schwang er unterhalb mit der Anmut einer Antilope und so geschwind, daß man sie nicht mehr zählen konnte. Er schleuderte alle sieben Dolche in die Luft und sprang durch den zerschnittenen Wind, gleich einer Feuerzunge wirbelte er wieder herab. So gewaltig und kunstvoll tanzte der Räuber, so überaus prächtig war er anzusehen mit seinen Ohrringen und dem gestickten Gürtel und den Federn auf dem Hut, daß sogar die Jungfrau Maria ein wenig Glanz in die Augen bekam. Auch die Tiere der Wüste schlichen herbei, die königliche Uräusschlange und die Springmaus und der Schakal, alle stellten sich im Kreise auf und klopften mit ihren Schwänzen den Takt in den Sand.

Schließlich sank der Räuber erschöpft zu Füßen Marias nieder und da schlief er auch gleich ein. Josef war längst weitergezogen, als er endlich wieder aufwachte und benommen seines Weges ging. Alsbald merkte er auch, daß ihn niemand mehr fürchtete. „Er hat ja ein weiches Herz!", erzählte die Springmaus überall. „Vor dem Kinde hat er getanzt", zischte die Schlange.

Horrificus blieb in der Wüste, er legte seinen fürchterlichen Namen ab und wurde ein mächtiger Heiliger im Alter, es soll verschwiegen bleiben, wie er im Kalender heißt.

Wenn aber einer von euch etwas zu verbergen hätte und nur sein Herz wäre weich geblieben, so mag er getrost sein. Gott wird ihm dereinst verzeihen um des Kindes willen, wie dem großen Räuber Horrificus.

WERKE VON KARL HEINRICH WAGGERL
IM OTTO MÜLLER VERLAG SALZBURG

BROT, Roman, 1930

SCHWERES BLUT, Roman, 1931

DAS JAHR DES HERRN, Roman, 1934

MÜTTER, Roman, 1935

DIE PFINGSTREISE, Erzählungen, 1946

FRÖHLICHE ARMUT, Erzählung, 1948

WAGRAINER GESCHICHTENBUCH, 1950

HEITERES HERBARIUM, Blumen und Verse, 1950

UND ES BEGAB SICH…, Inwendige Geschichten, 1953

LIEBE DINGE, Miniaturen, 1956

DAS IST DIE STILLSTE ZEIT IM JAHR

KLEINE MÜNZE, 1957

BLICK IN DIE WERKSTATT, 1967

DIE TRAUMSCHACHTEL, 1968

SÄMTLICHE WERKE, 2 Bände, 1970

SALZBURG – GELIEBTES LAND, 21 Aquarelle, 1972

BRIEFE, 1976

NACHLESEBUCH, 1977

ALLES WAHRE IST EINFACH, Aphorismen, 1979